U0501577

天台种植园

赵俊 —— 著

第 3 7 届 青 春 诗 会 诗 丛

《诗刊》社 编

长江出版传媒
长江文艺出版社

赵 俊

1982年4月出生于浙江湖州德清，现居深圳，毕业于浙江传媒学院，现从事"雅众诗丛"编辑工作。和诗人小雅主持《花城》《世界文学》联合发起的"翻译家档案"项目。在《诗刊》《花城》《上海文学》《中国作家》《天涯》《星星》《文艺报》《文学报》等报刊发表过组诗、长诗、诗歌随笔和诗歌评论。曾出版诗集《莫干少年，在南方》。

目　录

辑二　吟咏

辑三　沉思录

辑 一

酬 唱

诗歌淘金者

——给宝蘭

并非是穿普拉达的女王，
也不是穿裘皮的维纳斯。
你总是穿着束起干练的牛仔服，
像随时可以静止的陀螺。
消失在仙湖下的某个庄园。
这并非百年前英国贵族的游戏，
你从没有将沉默当作奖赏——
八音盒旋转的支脚在跳着踢踏舞，
词语的马达也变成风车的助推器。

你的短发是测量人心的卷尺，
在四十年的都市里进行诗歌淘金。
那身后的摩天大楼都变成侏儒，
唯有隐喻的追问变得丰腴，
在充盈着街道日益消瘦的晚脸。
你仍允许商贾和士绅进入你的领土，
可从此之后他们将变成二等公民。
诗歌那自由的鼻息才牵引着你，
你没有荆条，仍要完成对诗人的冠冕。

也许是急于打听母亲的名字，
你的脸和变色前的海湾有同样的忧愁。
你试过所有可能的方法论，
就和日本的动画片一样追寻着名讳，
那是人对于自我意义所能到达的顶点。
或许，这也是人最初的发声：
在孩童时代，我们喊出了"妈妈"，
这是巴别塔之后全人类唯一通用的词语，
你寻找，就是在进入诗的元音。

生活模式

——给柯平

我曾以为这就是既定模式：
到国际酒店报架取下报纸，
最密集的阅读诞生，
对准那未干油墨中的汉字。
那笔画的总和在自我增殖，
剪辑出这座城市昨晚的片段。

那是我昨天所经历的一切，
当名词和动词将它们组装，
它又有了意义生动的齿轮。
已没有多少人愿意进入这场景，
纸质：黄昏的哀鸣的青铜钟声，
终将消弭于最后一个读报人的手。

多年后我又误入这个场景，
在重复后一切虚空如铜钱草，
它浮游在雪溪随时非虚构的波纹。
一个诗人收割着往事的浮萍，
在讲述中慢慢将它打捞，
重回八十年代：文学的育婴所。

五分钱的烧饼煅烧着新的诗篇，
这是你一天写作所需要的热量，
像是竹笋借助红土贫瘠的容器。
你坐在桥头数着汽笛的声音，
在寂静中细数市长女儿的睫毛，
和骆驼桥边的柳条在竞逐美的桂冠。

柳的祖先曾在这目睹多少风流人物，
熨帖着菰城流水的主题。
他们在这里暂时放下阴阳脸，
甚至在面具上都涂抹粉底。
他们回到烟火味中，绝育的鸬鹚
探出水面：化学阉割的食欲。

一个台风天，在莫干山

——给王家新

风酝酿的水蒸气。在清晨
陪枯叶蝶一起醒来。你一定
知道，风雨裹挟着生命
就像陨石携带着外星的基因

降临在蓝色的星球。这风暴
将是物种间的一次更新
别墅外，美龄种下的茶花
会被一种新的虫子撕咬

皇后饭店停着的飞鸟
也不是先前饮水的那只
它变得暴戾。以至于
它的羽毛因湿润而在

腾空之时，俯冲进诗人的
视觉宴席。它成为被词语光束
所照耀的一部分。当它转身飞离
山峦的肌体，在薄雾中渐渐定型

洞背一日

—— 兼致孙文波

当我们谈起这些万古哀愁
就有植物从身边流逝。决明子
从形色软件里被辨认出来
我们从没有看清这座山的真相
就开始辨认山峦下的事物。收集
饮用水的水库。远处的海滨浴场
在地面上缓慢爬行的车辆变成
视觉里的小爬虫。上帝视角
让我们变得可憎。地面生灵的卑微
并不能映衬我们的伟岸。几只苍鹰
在头顶盘旋。天空更加高远
眼睛成了蓝色打印机。天空的统治者
告诫我们，作为双脚行走的人更应该
看清楚脚下的路。被砍掉的树木
还残留着能够绊倒你的树桩。你要
努力越过它们。沿着防火带一直找到
下山的路。回到那个海滨的村庄
在那里燃起人间烟火，在那里找到
一碗清汤火锅。填满你的五脏庙
然后再思考人类的爱与哀愁

夜游民国风情小镇

——给朱燕玲，兼致景凯旋

在星星被释放的夜晚，打烊的热量
在小溪的流水中被浸泡。走路的人
用手机作为光源，它就这样入侵了
乡村生活。只有蟾蜍的夜游还在抵抗
这些新型的兵器。当它们蜷缩
成为夏季攻势的旗帜，将用舌苔消灭
石板桥上的部分虫鸣，古老的
捕食记忆，仍具有示范的意义

当一间咖啡馆，用灯火作为探视的证据
当它的屋檐成为民国旗袍的一角
在褪去假日经济的浮华后，静谧的液体
被注入小镇的体内。告别乡村小道
在庚信的封地，和西洋的元素来一次
深度的对谈。被移植的法国梧桐
深藏着秋天的秘密。而夏日的盛大
让人一度怀疑凋谢的奥义。就像蟾蜍
和咖啡馆的切换，一座小镇的两种模式
是我们在制造 VR 电影的画面。无人能够
分辨真实和虚幻的边界，无人能够跨越

岁月和当下的鸿沟。但在它们的中间
一条灰色地带，讲述生命最大限度的本真

杼山行

——兼致小雅

何山赏春茗，何处弄春泉

——皎然

在去皎然塔前，我们端坐于三癸亭
用桑叶的明亮洗涤昨夜残酒的余威
路旁快要成竹的老笋，在向我们展示
青春的胳膊。罔顾桑叶的古老敌意

爬山是魔法学校的训练，一次踩踏
就能影响万物的葱茏。脚步的频率
将长久地改变生态系统。一颗梦子①的
汁液，被传递进彼此生活的食谱

可长眠于此的茶圣，又将如何消解
孤独岁月的火焰所锻造的孤独
一杯长久的香茗，换来颜刺史
雄浑的字体。它在修复腹中的秩序

---

① 梦子，俚语，一种莫干山地区的野生莓类。

谢灵运的子嗣，用诗句的砖块为他
搭建形而上的圣殿。何以他的墓地
紧邻皎然的坐化之地？我们在讨论
这是哪一个命题？人们的善意往往

带有假托的嫌疑。梅尧臣的挽联
爬满墓地的络石，都无法解答
当看到虔诚学茶的女子，在采摘
快要枯萎的老叶。暮春的气息

氤氲于她们的头顶。我们才确信
朝圣的意义，远大于庸常的踏青
当刺史的音讯已在千里之外，依然
有知音，匍匐在妙西的茶叶腹地

见山庐夜饮

—— 兼致潘维

在见山庐。怀抱女儿的诗人
在女儿红温润的脸色中苏醒
他的面色，在南唐的夜色中
曾被柳条洗涤。而今通过壁炉
实现了某种意义上的身份认证
当我们谈到，天气、衣物和
不为人知的庸常。他的眼睑
总是低垂。而当艺术的话题
在空气中飞溅出，一道彩色的瀑布
他突然站了起来，用绵柔语调
捕捉着跳跃在空气中，惰性的字根
那些活跃的词语，都在夜色中隐去
剩下的，笨拙的句子组成难忘的方阵
像他早年的诗句，一直被封存在
少女浆果般的心中。而那杯梅花酒
在窗棂中，映照了春夜琥珀的眼
为似水年华巧施新的粉黛

猫

——致黄灿然

几乎每个写作者，都爱着
一些生灵。植物、乌龟、狗
在他们的肖像里，这些动物
就成了很好的道具。而猫无疑是
出镜率最高的。摆弄它们的时候
你们的爱心就被翻译出来。变成
巴别塔里的语言，所有人都读懂
所有人都变得雀跃。终于有一件事物
能够引起胸腔的共振。终于有人不再
感到这些嗜好是凡夫俗子的庸常之举

而你摆弄着你的猫咪。从涂满咖啡香味的
你的唇边掠过。在一台电脑前给你的生活
挠痒。特别是在阳光灿烂的日子它越过
窗台。在那里长久的逗留以印证明月
也曾到过你的 WORD 文档。一本本被翻烂
的英语字典。你就是一只猫
在给艰涩的文字挠痒。直到将四面的英文书籍
变成古老的象形文字。而出版社将你的繁体字
变成通用的文字。只需要按下几个键

他们比那只猫更快速。而你观察着他们
就像这个明亮的早晨。你和我谈起了诗歌
如何处理和这个世界的关系。他们全部
被猫的耳膜所记录。它会在猫的世界
翻译么？或者准备打印给同类？

留在莫干山的亲人

——给韩少功

以前你并没有来过此地
父亲的身体曾带你来过
他常常刻意避讳这段经历
它只能在母亲的讲述中复活

有别于子弹飞行的轨迹
你的父亲曾沿着崎岖的山脉
制造弧形的推进，在密林中
游弋着进入日军的心脏

而你此刻并不是宣扬他的战功
看着这些苍茫山脉的石头
你想到土葬于此的兄和姊
无法通过投石连接小小墓穴的坐标

你的心里没有种下怨怼的坚果
在民宿的夕阳中，你和夫人
一起走在绿竹掩映的小道
决定将一座小说的奖杯留在此地

就像你又留下了一个亲人
就像你为他们献上花环和编钟
以一个作家的方式完成祭奠
对父母的救赎：一种新的滴血认亲

在丁莲芳邂逅八仙桌

—— 和沈方、邹汉明

如今它在城市的食肆出现
带着突兀的纹理
窗花的形状修剪着诧异的目光
我们假装边上都坐满亲人
孤独地用胃液溶解千张包隐喻的乡愁

我想起乡下镀着离别金粉的岁月
被搬运的桌子承担着聚会的重任
它们从邻居家奔赴红白喜事的中心
充当制造新人类的傧相，扮演送别
尸体的义工，熨帖着聚会失真的脸

到最后，主人要用漫长的岁月去消化
聚会的情感残渣。桌布上的油渍
对应着新人家具和棺材上未干的喷漆
这样的倒叙，像先前摆放在上面的米酒
带着迷惑的瓶盖。等着你释放瓶中的孤星

而现在我们随时可以啸聚，用网络
连接彼此的味蕾。在桌上摆放着的

不是元宵灯谜。等待你搜索枯肠的破解

从仿古建筑中走向人群。方正的街道

是更宽大的桌子，大家都变成被评点的食物

和蒋立波、伊甸在富阳饮茶，想起电影《郁达夫传奇》

在饮茶之际，
那颗南洋的子弹从悬崖中攀爬。
他的肖像被反复用镜头勾勒，
略大于黄公望画中的乾坤。
像还原一杯茶到杯中的过程，
我们重新拼凑你的画像。
你越过日本海峡，
忘掉富春江的水花。
青春期的金粉泼洒在屋围之中，
你像爱屈原那样爱着少女的原野。
你承受失恋就像承受命运，
任凭家园的无人机随时盘旋。
你想穿越单薄身躯的防线，
生命的河流终究汇入太平洋，
江边的孩子已经预知结局：
那个和你无法割舍的国度，
菊的一面在战争中萎靡，
狰狞的刀刃以热兵器的形式浮现。
你的长衫在海风中编织离别，
甚至没有哭声被邮递回故乡。

那个春风沉醉的晚上，

也许会分娩出和解的布道声。

在此之前，所有的不平都在成为沸水，

引领着众人来到你的跟前。

谈论湖州

——致水田宗子

湖州的几个关键词，是中国
魔幻的符号。他们在一片
东方树叶中萌芽。途经此地
陆羽潜心的修炼。为汁液注入
命名学的养分。在遣唐使的修辞中
像晕开的紫笋茶片。充盈在苕溪
碧青的神学中。身着绫罗的小姐
成为他的信徒。牵引出背后的
蚕花姑娘。那动物纤维的重度迷恋者

在钱山漾的残片中，它被重度标示
它褪去漕运的荣光。湖丝成为大运河
新的宠妃。人们废掉口诀
"苏湖熟，天下足"成为卡在喉咙的悼词
为被改造成桑园的良田哀悼。稻米部落
从对食欲的膜拜，进化成对身体的朝圣
丝绸，成为欧洲贵族的精神图腾
却没有像茶叶一样被英国定义为真正毒品
在万国博览会，辑里湖丝和茅台
成为桂冠，从此拥有了仙气而催生南浔富豪

张静江，他典当的欧洲绸行在辛亥年
为在日本的孙逸仙挥舞革命的狼牙棒
帝国制的斜阳被"蚕食"
成为谶语的现代注解

双林的绫绢，曾依附着不少亡魂
而在帝国制中用来杀人的圣旨
就在此地被炮制。那动笔的湖笔
同样因附近的湖羊而造就。在笔工中
择笔是重要工序。而如何选择
杀人诛心的词汇，也曾困扰着皇帝
和一些弄臣。抽掉这不完美的部分
我们应该谈谈赵孟頫的书法，那在
铁佛寺用心写下的大字，成为赵体
为数不多的异类。而管道升的深情
曾束缚住他风流的衣衫。就像莲花庄
曾束缚他活动的半径，让无数的汉字
被圈禁在江南园林整饬的风雅中

如此废寝忘食，文化的液体
流经深秋的深圳。让地表都
充盈在彩色的梦寐中。我们
终于在客家古民居中，从湖州
回到南国像你将离开此地
在卷帙中修补经验的犄角。我们

谈到赵佗，那迷失在南越国的棺椁
迷茫的过往并非天真之物，他的梦
将缠绕在杼山之中：明月如此肥美
喂养皎然和陆羽的相交，生出
一座墓和一方塔，在千年后仍酬唱

永恒的邀约

——给张予佳

东瀛用隐喻动用了你青春的修辞，
在叛逆的滴液渗入你生命之际。
在海边，罪行被无限地放逐，
帮派的令牌在黑夜中闪烁，
像是图腾在洋面升起，
腥味漂染着纯真假面的告白。

你暂时退回到拉丁语的泡沫之中，
接受葡京酒店的夕光的涂鸦。
少女的笑穿过印染厂的门阀，
用一车棉布勾兑出爱的平水韵，
让你人生的诗句变得工整，
可终究这是又一次的焚稿。

当你退回到这悬铃木之城的街巷，
荷尔蒙暂时收起黑色羽翼，
你校对着校对室微弱的灯火。
可三金鼎火的命数仍不知节制，
不断用聚焦的火焰灼烧你，
致敬那为爱和尊严自缢的姨太。

反作用力：你睁大的命运之瞳，
虹膜上镌刻着力的无常。
你端坐在她凋谢的花瓣上，
让白玉兰在巨鹿路走出新冢。
你端坐在清酒瘦弱的瓶子中，
向救赎递出了永恒的邀约。

增知书店

——兼致叶丹

为什么要拒绝旧书店清贫的盛情
幻想着霉变扬起骄傲的马蹄
尘垢进入指甲，阅读抵挡健忘
大部分作者都通过名字活着
你应该承受这点陈旧的枯黄

悬铃木用民国风情的细长手指
弹奏失传已久的管弦乐
你应该放下手机，放下当下生活
粗重的表皮。这里没有麦芒
你依然可以寻找废弃的犁铧

在沉重的收割之后。在灯盏
昏黄的记叙文中，你寻找文字和线装
串联起的别样生活。那从农耕中
提炼的经验，那因为想象力
而倔强的飞蛾之翅。火光就在前方

如今没有人重复祖辈的阅读经验
在现世，书本用廉价勾兑着浮躁的泡沫

当"洛阳纸贵"的言说,一次次蹬踏

书店门口的足迹。从商业中抽离的眼袋耷拉在

目录的原乡。你再次拥有否决当下的特权

雨天访张爱玲故居

——兼致方雨辰

你分不清，这是穿着咖啡馆外套的书店
还是披着书本斗篷的佐罗式蒙面旧居
我们在靠窗的位置谈论着外国诗歌
拥有和胡兰成一样决绝的触须
将出走到香港的女作家丢弃在一边
像沉香屑里的第一炉香，烧毁着
无处不在的倾城之恋。和街道的水汽
氤氲出迷之结局。变成迟到的凭吊
而她真正的卧榻之地封闭着欲望
被归国华侨长久地占据。你想象
有虚掩之门，正在表演贝壳的绝技
让人有撬出珍珠的盼望。金色睡袍
在珐琅质地的器物旁穿行。雨声消弭着
音乐的蝉翼。它仍潜伏于留声机的底部
否则靡靡之音，将要带回黄包车上
落下的娇贵之躯。那鬈发波浪般地
对应着外滩的起伏，和笔尖的流云
侧门的花园是缓冲的地带。当你终于
重返烟火人间。大众扁平的神态
将你从迷幻的海上花带回弄堂

你被它漏洞般地过滤。一切绰约的女子
都是你从现在回望的王琦瑶。当下的叙述
已成为故纸堆中被删除的冗余。摊开广厦
苍白幕布的手掌。旗袍已成为驳杂的分号
隔开并行的两个时代繁复的修辞。王安忆
坐在平静的课堂。像她对应的白长天
我们在街道上对故居的审视并非启示录
而是一堂无法回避的创意写作课。每个人
都可以拥有上海。就像手机里的换肤游戏

这些语言

——给赵振江

在这个西部的午后，
语言有一个彩虹的趔趄——
它的源起、净化和演变。
单音节何以在声音中突围？
美妙的语感将在何处孵化？
这将触及巴别塔的本质，
何以分裂出了这么多的他者，
在"我们"之中仰躺。

小语种的侧脸注视着你，
这不关乎老大哥的窥私欲。
诗性的蓓蕾从不分语言的肤色，
依附在每个词语之上。
它的多边主义注定了疲累，
命运指引着它前进的方向，
众人的见证将不可避免，
众生的喧哗在宴席之后。

当他讲述生离死别的遭遇，
这已超出母语的排他性。

手术台上无法再苏醒的亲人，
连着世上所有的字根。
它唤醒了酣睡的语言，
楔形文字将重新绽放烟花。
拂过铜镜黑暗的脸孔，
它变成夜明珠的眼睛。

小王子

——给马振骋

澄明的晚年，你的译笔从未搁置在
昆德拉的《庆祝无意义》中。"夜行航线"
是圣埃克苏佩里的鹰眼，还是你耷夜
用深情烹调的视觉盛宴？当你停歇，
擦拭奖杯中的银色纹理，你变得迟滞
像是时间的螺纹，将你带回三十年代
洋泾浜曲折的小径，现在你坐在窗前
在回忆中盘剥着豆蔻。《小王子》还没有
长出翅膀。六个星球还隐藏在语言的花苞。
你还是五金店快乐的小开，你的皮靴
和十里洋场跳着踢踏舞。周璇镀金的嗓子
雕刻着花样年华，为阮玲玉"人言可畏"
标注着时代的必然性。琼·芳登的蝴蝶梦
已有了化蛹的雏形，赫本还没有准备
去罗马度假。而你的每个假期都充盈着
小王子一样的绮梦，你不愿住在自己的星球。
你要飞翔，在语言的不同星系种下词根，
种下连接全地的光缆，让照亮的瞬间准时降临。

百岁老人的布娃娃

——给杨苡

她的布娃娃悬挂于墙壁，
像是移植一段租界的童年。
握着它，她就能返回到相框中，
拆解那少女明亮的眼睛，
这时间的高利贷不再收租。

她变成孩子，缓慢地细数恩怨，
像整理布娃娃的绒毛，
决不让旁支细节阻碍美感和良知。
她的故事，也许不能复制吉卜赛弃儿：
没有那么多爱和复仇的颗粒，
布满在需要用一生来凝视的天花板。

她曾居住在呼啸山庄缫丝般的梦中，
却只能退回到七十平方米的蜗居。
她一生的爱平淡得像我送她的玫瑰，
那单调的红，是她译笔中的墨汁，
涂抹着枯灯下雪白的稿纸。
就算有人毁掉她苦心经营的文字庄园，
她也没有用仇恨的纤维搭建画眉山庄。

她就是教会学校的布娃娃。
在那里，"爱"这个词语变成油漆，
她是一个快乐的漆匠，
涂抹着一切可能性的墙壁。

只有一次例外：
当她用象声词说出轰炸机的投弹声，
当西南联大、重庆被坐标重新认定，
这是布娃娃动气的时刻，
她的脸色绯红如愤怒的玫瑰，
在语言中动用花萼中隐藏的芒刺。

枕边书
——给沈念驹

青葱岁月里的普希金。长着
金色的封面。在身边慰藉
被荷尔蒙毒害的岁月。这并非
少年维特之烦恼。这是山乡少年
一种新的救赎：只有背诵这些
爱情的诗句，才能弥合因城乡差距
而皲裂的心谷。在小镇的边缘
这些诗句，和夏虫的鸣叫一起
制造着晚祷的钟声。让我平静地
看着时髦的少女。即便她们是
上尉的女儿。我也会在书中变成
真正的贵族。用鹅毛笔写下诗篇，
然后，制造一场并不存在的冗长决斗。

遥远的回想：沉睡的百年孤独被按上
红色的手印。我在英溪河的杨柳边
轻嗅浪漫主义的芬芳。像泥土被燕之喙
带进人居。而低矮的屋檐逐渐被送到
挖掘机的铁胃。那无限消失的稻田，
和它们一起构筑新型的居住环境。

那立体的房屋拉升着人口密度。
却再也无法让小镇青年，相信来自
俄罗斯的诗歌。他们也不愿意以
善意的唇齿。接纳染上俄罗斯气息的少年。

在二十年后，你作为普希金的摆渡者，
重新让远在天涯的我。回到小镇居室
回到那已被乔迁封存的枕衾。在我用
地方口音抚摸诗句的时候，我并不知道
你也曾在故乡度过寂寥的青春期。你甚至
没有这样的安慰。你在昏暗的编审室
成为艄公，为我运送这样的明亮。
这是落泪的时刻：我们有多孤独
就多么需要诗的妖娆，魅惑苍白的生活。
不再相信自我注定平庸。在寒冷的流放地
他也不曾熄灭过火焰。而我们即便在
越来越雷同的时代，依然会拥有青铜的质地，
闪耀着寒光，变成对抗遗忘的冷兵器。

苦难的星辰

——给王智量

他重复着情节，变成修辞手法。
那在他生命中不断闪烁的苦难星辰，
在上海的旧居中再次被拧亮。
那西部干涸的水塘，无法制造
倒影的月光。那被夫人的怨恨戕害的脸
裹挟着风沙，你变成其中的一粒。
加高悲剧的沙丘，接近星空。

而仍有乡亲，在贫瘠的土地中
制造抽穗和收割的二重奏，
喂养你身体的音乐性。
让你从俄罗斯的元音中
用汉语弹奏《奥涅金》的多声部。
但他必须压制那些活泼的字根，
让它们在抽屉中和霉菌作战。

那是和星空无关的日子。
密闭的岁月，捂紧着口袋，
将你和孩子一起装在胞兄的矮墙中。
你告别黄金时代，在白银时代中

踉跄着爬行。像《双子星座》的歌者：
"火车站，装有我的别离、相遇和再次的别离！"①
在往返中，你收割着狭义的亲情。

而最终，她会走进你的生命的走廊。
让你的爱变成通衢，就像此刻
她广阔的记忆，仍在修补你讲述中的决堤口。
当你的诗句照亮那些同样孤独的眼睛，
她在你的星系内，成为主星。
为你迎接陨石的降落，那些苦难的坑洞
将被抚平。快，救出洞中将被遗忘的字句！

---

① "火车站，装有我的别离、相遇和再次的别离！" 系帕斯捷尔
纳克诗句。

拖鞋的尾韵

——给郑克鲁

请问，你的权柄去了哪里？
那来自字符的膏抹，
此刻都隐遁在虫洞之中么？
你趿着拖鞋的尾韵，
在办公室制造平民的音乐，
粘住时间的回音壁。

当称谓在钟摆中晃动，
你被重度地催眠。
几十年来，你都活在枯灯的芯之中。
在寒暑交替的夹角中，
两种文字的相互辨认，
成为你经久不息的神学。

你甚至刻意隐瞒家世，
那名讳是世俗生活的一部分，
它构成不了你煊赫的自信。
只有当铅的香散发在书店的大厅，
你才会动用盛装的纽扣，
夹住这唯一的、需要装扮的时刻。

在其余的时间你是 R. S. 托马斯。
东方巴黎有一个宁静的犄角，
那就是你所耕耘的乡村。
窗外的桃树玩着开花结果的游戏，
你用鞋尖蹭了落叶的裙摆，
完成两段文字之间美妙的停顿。

最小的博物馆

这位老教授的初恋，临死前
唯一托付给他的是毕业照。
本来出现在证书上的，将是
他的照片。而他率先抛弃了
现代光学。将她推向西湖边的高校
以为她将从此沐浴着科学的圣光。
褪下理二女的硬壳，用那个时代
具有的文艺腔，说出被抛光的情话。

而他等待的，是一封分手信。
当她准备在助教的臂弯跳起华尔兹，
他用 72 个小时消化每个字句。
直到吐出一声珍重的泡沫，
爱情像饱餐的金鱼一样夭折。
让他告别故乡，回到旧时洋泾浜。
在莎翁的十四行中温习往事，
而祝福的声音，从未将她弃绝。

直到害虫入侵了她的脑门。并没有吃掉
记忆的甜酒酿。只是让它变傻。

让助教复制她先前的抛弃事件，
她提前进入蹒跚的季节。余生都在
踉跄中踯躅前行。从此她的生命
变得瘦弱。从立体主义变成平面照，
将愧疚和悔恨，都夹在里面。
变成最小的博物馆，直到聘请他成为馆长。

变暗的容器

——给张子清

从电子邮件中走出来的老者，身上
挂着四个透析口。身体是变暗的容器。
盛满着谷糠般的杂物，要一道道洪水
排到河道的下游。有人在水中央准备
时间的投降书，等待着他的签名。
挂上风帆，镀金的字句将被提炼成金币。

而他依然喑哑，擦拭着记忆的灰尘。
在卷帙中修复着残破的诗句。他从来
将自己隐喻成银器。掀开壶盖释放出
体内积聚的热气。国际流通意义的光芒
照射在这金属的同位素之中，你寻找着
存在于界碑之中的密钥，打开谜语的神殿。

在他的房子里，诗句找到了安全屋。
再没有追杀的箭镞，在耳边喧响。
《美国 20 世纪诗歌史》变成法庭。
遥远的太平洋东岸，对异国的"诗歌犯"
进行一审宣判。他在等待着我的回音。
（在那一刻，我像是戴上假发的终审法官。）

当他摘下医疗器具，再度成为活性炭。
为诗的陪审团加热。那暖炉不再空荡荡。
他的笑脸，在熟知的名字中找到合适的尺寸。
丈量着对诗热情的刻度。那里埋伏着红线。
如果你无法迈过，他将再度变冷。
像他翻译的泰德·休斯，对普拉斯吹着冷霜。

他终于站立，奉献出脚步的宗教税供养着
行动贫瘠的自己。他像神父一样挑选着
西瓜的圆和书本的方。竭力平衡着
谈话的气氛。在调停物质和精神的冲突。
他对我小心翼翼的招待，在微缩地呈现。
多年面临的命题：在译笔和生活的悖论之间。

凤凰花

——兼致伤水

热情只是一个隐藏的副词，
含着离别的汤匙，在胎变。
它的花瓣分娩在任何柔软的草地，
为相拥过的肩膀画上休止符。

它时常动用民谣的乐谱，
在音符和指尖画出忧伤的抛物线。
鼻音和呢喃都有喘息的间隙，
而它浓烈的渲染却从不知检点。

甚至，它催眠出一种近乎绝迹的母性，
用流苏的外壳纺织请柬的纱巾。
像是被毕业留念册拒绝的赝品，
让它的出现成为一个蹩脚的寓言。

当年的歇斯底里终究是沉降的海平面，
蜕变成地铁挖掘过程的建筑垃圾。
很多人依然怀抱着吉他的胴体，
妄图诱惑那被青春封印的树皮。

只是无人再识别出距离和航线，
被简约的重逢提炼出一句箴言：
"当你越接近年轮的真相，
离别季的奶水将无法喂养前程。"

发现之旅

——兼致孙武军

你发现诗的隐秘的葱茏，
不过是弱冠之年的某个黄昏。
在邮递员、大学教员两个身份的中间，
横亘着首届青春诗会的剪影。

后来你经历了一次失语，
就像朦胧诗之前的夜晚。
你突然熄灭了诗歌的火焰，
语言的灰烬伴随着干枯的生活。

当你重构这些盲区，
这也是一种骄傲的发现，
在语言里拾掇少年灰色的梦：
那对朦胧诗第一次的凝视。

在此刻，你不想成为某一块活化石，
那是对"今天"诞生那一刻的回应。
回望和追述是唇齿的梳理，
在馥郁的南方植被下。你依然

睁开名词天真的瞳影，

将那一条胡同中的顾城复活。

当我们离开这并没有陈旧的别墅区，

当门口"发现之旅"的字样镌刻在离别的额头。

相似的村庄

——给荣荣

竹林在溪水的镜面梳妆，
重复着单调的、被世人称颂的美。
鹅卵石在汛期不断漂流，
和被青苔养育的鲫鱼一起私奔。

这是我们共同的故事么？
如果山水是一个人唯一的风景，
这就是审美的顶点，
再不需要向葱茏说出离别的絮语。

我读到莫干山相似的扉页，
卷首语是你眼睛里凝结的依恋。
你望向一座千年古桥的桥墩，
这村庄的图腾成为一枚厚重的书签。

你依然是北纬三十度附近的女伯爵，
是一本书在图书馆内部的流转。
而我已孤悬在北回归线的紫外线中，
烫金的封面已遭受耀斑的聚焦。

江南丘陵的铿锵是无馅的青团，
包裹不住吴越柔腻的质地。
我想起你曾差点被遗弃的往事，
它变成一味治愈软骨症的偏方。

而我的药引也许就是这一次相遇，
在这类似村庄被屠宰的春光里，
你再一次展现出家族史的玫瑰，
收获着背阴处唇齿光合作用的热量。

它被安插在每个倾听者的胸前。
完成着高贵一次延迟的校注。
让山水返回心房的铁匠铺，
铁和石淬火、分离，变成兵器。

四十周年

——兼致王小龙

比起雁荡丰富的火山伤口，
四十周年实在是寒碜的时光，
它甚至还不能成为祭品，
在某种永恒的意义前却步。

可上帝的奢侈又让这显得漫长：
生命的短暂不容我们恸哭，
对衷肠的反叛时常到来。
而你和夫人穿越了这两种丛林。

此刻，在烛光窃取的一小段明亮中，
你的诗篇穿越星空下的虫鸣。
这是我们耳膜依赖的半岛，
停泊着众多抑扬的唇音。

它甚至是一场免费的教育课，
在爱的魔法殿堂中，
来自诗人的诱惑时常穿行其中，
你提供了一次绕过的绝学。

当你动人的感言依旧穿行，
胡德夫般浑厚的声音环绕山谷。
吃一口为爱炮制的蛋糕吧，
就像在祷词中获得爱的新生。

辑二

吟咏

闯入者

你多么像一个闯入者
当你回乡的时刻
那些看着你长大的人
很多都已成为另外世界的公民
还有一部分人，被阿尔茨海默症
送到了遗忘的城堡
和你年岁相仿的人
有些也已过早谢世
他们像最早离开枝头的花蕊
被无情的风霜所吞噬
你假装相信，如果他们还活着
不会像其余的人一样
他们依旧会和你把酒言欢
即便你们经久而见，你们依然
可以在岁末，溶解彼此生活的寒意

事实上，他们如果还在世
也可能像生者一样，用拒绝的口吻
成为你异乡人身份的又一次证明
他们早已建立新的生活秩序
成为完整的矩阵，拥有新的

言说方式。你的出现

让他们有小悸动。偶尔浮现的旧画面

是纯真年代最后的落叶，从此

他们将成为针叶林，从此将

四季常青。在无声的落叶中

完成自我更新。直到死神

将他们砍伐。你不必责怪他们

比起那些和你素不相识的小辈

至少他们会给你一个善意的微笑

在默认你的回归。而那些陌生面孔

总会提醒你，这里已和你两不相欠

现在，是将你开除乡籍的时刻

现代光学

在星群之间，被移植的微光
变成针灸，刺痛着视网膜的神经
按住我真实的穴位，天体中医师
穿着月光的白袍。神秘的仪式
让医学更接近于原初的占卜和巫术

在被光污染传染的都市天空，没有
视觉愿意被治疗，返回到澄明状态
我们用热量制造新的发光体，却不再
高远，在掌心中闪耀的时候误以为
成了审判者。星空旁听者已然隐遁

结局又在哪里被写就？鸟类在树梢
学会在钟声中安排起居。启明星不再是
它们的日晷。穿行在一排广告字的下面
求爱的字眼在摩天大厦中被涂上光圈
城中又一个现代爱情传奇正在被复制

它将肢解光的温暖，只摄取浮华的体液
它吐出华丽的龙涎。再一次表达决心：
在江山固有的脉络，只有美人痣能号令

整个神经系统。谁此刻拥有光的骑士

就可以兵临城下，瓦解黑暗中的所有防线

遗失的纪录片

那段素材带遗落在出租车后座
在冬日清晨的某个时刻
被清除的笑容、谈话和风景
像是某个明星在跟世界道别
用含混不清的语调，用一种
近乎挽歌般的决绝。在光明
快要降临的刹那，它在我的生命中
遁入了黑暗的下水道。再没有
醒来的闹钟，会准时喧响
在迈向社会的某个临界点
一台摄影机将装下整个世界的风景
而我只提取了莫干山的叶绿素
让它们为灰白的季节带来颜料
让它们为此后的生活带来香醇
毕业作品是让你交出自白书或宣言
你不再是对着影子自语的狂想者
你获得一个按钮。你获得指尖的力量
而丢失事件是课堂的延伸
它在最后一课添上休止符
当你花费租金蹬踏铿锵的军靴
像个老迈的漫游者遗忘了酒壶

在朔风中须发被吹出弯曲的犁铧
将耕种那荒凉的人世，将产出
无助的希望。那时的顿悟让我
远离对浮华的单恋。像罗盘找到
水手的双眼。在黑夜幽深的暗礁中
闪电打开了视觉的口子。俯冲进去
在海怪的丛林中诞生休憩的空地

感恩的堰塞湖

和救赎一样，感恩应该是蜜汁。
涂抹掉生活野兽的脸，那从个体
无限的涟漪中抽离出的情愫，
润泽着丰腴的大地、伦理和人心。

可有些人永远不会是发光体，
将偏见的芒刺插入朽坏的身躯。
用时间的漫长不断佐证错误
螺旋的结构，那病变的肌理。

她将遗忘，那胎盘中酿造的纯真。
而剩下的原罪，将瓦解虚构的高贵。
那语言的箭矢不断伏击忏悔的手掌，
有时还要配合暴力真实的拳击。

就算是稻草人，也会感到疼痛。
何况我们未曾像人子一样伸出右脸。
那疼痛的半边脸，连接着神经系统
脆弱的纹理，像光谱变乱的画面。

那缺席的感恩，最终会积聚成堰塞湖。

当心灵的余震再次来袭，它会冲垮
美感所有的堤坝。连同情心也无法再次
成为弥赛亚，拯救那被围困的羔羊。

整容时代

在星巴克，一堆新鲜的肉体：
全部经过手术室的组装，
她们是为了取悦自己还是取悦异性，
或仅仅为了表达对造物主的抗议？

抑或，为了来这里饮茶
让神态扭曲的建筑学，
反抗城市的扩张和位移。
一堆异物在体内驻扎，
对身体强拆后遗症无限的管辖，
高于说教皓首穷经的法度。

那被种植的不适感，
分蘖出不同的枝桠。
如果你摘下几片叶子，
会将它卷曲么？
哀歌最新的音符将被充满。

那胸腔狂热的共鸣在发颤，
像奔涌的母驴在喉管撒野。
你敢继续动用腹肌的蛮力么？

在人造皮革坍塌前，

你何不迅速逃离灯光的令箭？

残缺的圆满

艺术真的能打开窄门么？
为那些被声音屏蔽的人，
它好像经常施与魔法。
如果说她向绘画乞讨无声的美，
何以在诗的乐感中他仍跳着踢踏舞？

他们彼此凝望，
并不是因为爱情。
像这样的凝望发生了多次，
可每一次都含着玛瑙，
这不死的抗争，
曾引领着锋芒的人生。

可如果失恋，
他们仍将沉默如虮蜉么？
当她变成被爱情榨干的果渣，
他仍啜饮着爱情甜蜜的果汁。
可这并不能阻止拥抱，
它将拼贴出安慰的镇痛剂。

它将深切的含义作为药引，

变成一条随时断流的季节河，
乘着还有力量和水源，
流淌进下一次的相遇。
那必将灌满残缺的地区，
为了一次短暂的圆满，
它充盈着寻找同类所有的激素。

校　刊

当然，你还是剔除了媚俗的一点枯枝。
将假装的家庭悲剧剥离出晶莹的真相：
它们长着高仿的脸，像多年后网络上
无处不在的女神，克隆着同样的表情。

那些作文书上的桥段，一再入侵着
文字稚嫩的肌肤。不断涂抹的悲情
匕首般刺进生活的本相。那低音部
吟唱的诗句，在稀释着肾上腺素。

多年后，语言的舌苔又舔舐着
天生的羞怯。那些为爱写下的词，
从未托付于打印机输出的热量。
你愧对于他们灯下的剪影。

那热切的手已经冷却，像初恋
低垂的主义，类似于柳条的哲学。
永远将出生的喜悦不断降低，
最后在冬天的停机坪和地平线摩擦。

你应该忏悔：那些爱真实的片段

在技术上处于农耕时代，却未将
它们放进校刊博物馆，作为收集者
你的失职，让语言的后视镜蒙尘。

蚯蚓和北极熊

阳光穿过永冻层的马其诺防线，
冰雪汇入北极圈的地下河。
这多么像我们常提到的弱水，
那无声的浩渺续航着无常的伦理。

如果我是莫干山的一条蚯蚓，
能穿越欧亚大陆的山脉、平原和湖泊么？
为北冰洋松动的造山运动注入蠕动的力量，
这会进一步缩减冰冻星球奢靡的支出。

那时，也许我会像北极熊钻出冰穴。
看着融化的冰水侵蚀着巨兽的食谱。
好像它和我一样，也要为五斗米折腰。
仓皇地挪动着日益消瘦的臼齿和嗅觉。

当燕鸥的喙啄食着那高贵的遗腹子，
它极地皇族的血脉敞开着世俗的口子。
海盗仍伛偻着行程，在洞口警觉地
探出脂肪的贮藏室，转身引入鱿鱼的丛林。

如果我还是蚯蚓，我会将泥土的白沫吐出，

制成怜悯的封条、改装成葬礼的白幡么？
它没有子嗣，没有人为它引向那五条河道：
遗忘、悔恨、苦难、悲叹、熔岩的交叉口。

从此我将在冰川纪破碎的窗口仰视你。
我的后裔将在温热中，仰望一种将寒冷
作为绝学的波普艺术。你的剧目在美国五大湖
轮番演出，安迪·沃霍尔会因此复活么？

将它们印刷在棒球帽上，当游客们再度
进入极昼的视野，当泥土中松动的讯号来临，
蚯蚓后裔将再次穿越大陆，在温热的峡谷中，
仙人掌穿越得克萨斯，在美洲豹迁徙的途中绽放。

幽闭恐惧症

他半秃的头，在月亮的银币中
镌刻着半辈子的忧愁。那纹饰
显露着岁月对人体无差别的伤害。
可别人在草地上放逐身子沉重的锁链，
而他在民宿绝美的面颊中幽闭。

像那些被露水收回的格桑花，
它们在花海中已经将自己敞开了太久。
风带着星辰的梦魇，施行着不义。
世界回到了太初，那一粒尘埃
还没有得到上帝食指的垂青。

永恒的一按还没有开启，混沌
暂时接管着一切。他宁愿做一个
和所有介质相安无事的沉睡者。
他宁愿，将广阔和众生分享，
在小我中他将被忽略成"无"的本相。

他会将一个甜笑，涂满在芥子的细胞壁。
在卧榻之中，天窗的光亮沐浴着眼睑。
恐惧的大丽花，一点一点被腐蚀，

像酸性的液体在入侵。他逐渐长出
孩童的翅膀：那关于飞翔的童话。

岭南的蛇

在冬季，它仍扭动腰身。
为了向老鼠恒温的体表示威，
它在午后窃取着暖阳的余温，
一如鼠类探视谷仓的锁孔。

当它闯进人类经营的领地，
死亡将成为黑暗的云团，
迅速漫过这被明亮眷顾的时辰。
在时间的密室里偷凿出缝隙。

那么，谁的死亡更多地被呈现？
人、鼠、蛇的恩怨变成一部三国志。
当它被史学家正面书写的时候，
它闪烁着理性主义微弱的火光。

可在小说家笔触锋芒的情节中，
它虚构的脸演绎着无常的变化。
诗人用抒情描摹着它游动的弧线，
可这热情将使他成为焐热蛇的农夫。

传统农业

传统农业是有那么几分无趣，
那么几样作物反复被耕种。
早已耗尽了土地中某种材质，
它的新鲜表达已了无痕迹，
那雷同的表情在反复播放，
变成在晚年消耗着名声的诗人。

机耕在这里毫无程序正义的可能，
洒农药的飞机也没有跑道。
我只有铲刀、铁锹和剪刀，
他们仅仅领先于青铜时代。
为此我还必须忍受病虫的侵袭，
只有镊子和酒精曾帮助驱赶的双手。

在我居住的城市有很多农场，
但农运会从不会派出选手参赛。
在这里，农业只是一场回归自然的游戏。
我亦不能完成真正意义上的自给自足，
那有限的叶绿素、维生素和蛋白质，
变成城市交响曲中的停顿。

它从未完成让我蜕变的雄鹿之跃。

虽然它经常将我从霓虹和酒局中解救。

这座城市穿着商业文明的霓裳，

我的写作依然将面向多元的城墙。

这来源于蔬菜和土地的隐喻：

只有混种才能释放土壤隐藏的蛮力。

死亡命题

死亡，的确是古老的命题。
它会剔除新鲜感的果皮，
内核永远是死神的供品。

比如，当书写挽联时，
即便身为现代派诗人，
也要用一点古老的语言，
以此呼应死永恒的属性。
那曾被消灭的语言，
在葬礼上完成了复活。

它每日都在复活，
成了死亡的宿主。
它变成古老的菌类，
一直在啃噬新鲜的亡灵。

可是这个时代的死，
也在发生有趣的变化。
美国的富翁会将自己冷冻，
以等待未来某一天的被唤醒。

在那一刻，陈腐的语言
是不是也将面临死期？

未完成的诗

灰尘在黑色的封皮上涂鸦，
蛛丝的纤维，
放肆地捆绑着关押的字句。
它还没有准备好重见天日——
它曾被打开的时刻，
月光正被窗帘丝绸的肤色蒙蔽。

所有的未完成都是一种荆棘，
牵绊着视线蹒跚的脚步。
你在文字的良田里，
放下了犁铧忧郁的脸。
你在浊世中狩猎着野生的日子，
书桌的农耕成了彩虹和泡影。

后来，电脑成为新的监区。
它的云层可以收集文字的积雨云。
你需要无人机去释放雨水么？
再没有人和从前一样需要诗的面包，
他们和不信道的犹太人一样，
你所有的未完成就是未降临的弥赛亚。

傲慢与偏见

他已变得像鼠尾草一样卑微，
在薰衣草高贵浪漫的隐喻前却步。
他已赎回所有过犯的典当物，
可你仍用鞭抽打着自尊的肩胛。

为何不在诗的部族间穿行，
俗世所有的铠甲都被你陈列。
诗性被你的剃刀无情收割，
只剩下评价体系让人生畏的白骨。

他常年在干旱之中踱步，
将日子碾成破碎的金粉。
和旷野中的人子一样禁受试炼，
指向永恒之城不存在的激情。

何不饮下那些被十九世纪眷顾的江水，
那傲慢与偏见的城市病就将自愈。
画地为牢的人终将出走，
在魔幻和现实之间寻找阿基米德的支点。

关于乡愁的定位

沉默的街道。在智能手机里穿行
我停住在这里。等待喜鹊的叫声
钻进形而上的口袋。在冬天隐藏
一点喜悦。焐暖失去故乡的人

而故乡在手机里迁移，当我用
支付宝购买樱桃。想领取优惠券却无法
导航出深圳的店铺。手机将我顽固地
自定义在故乡。我将同时失去现居地么？

现代科技策划的返乡之旅，最终演变为
生硬的演出。喜鹊在边境线上来回盘旋
它罔顾边界的涵义。让迁徙成为日常行为
我们也从机翼的摇摆中，学到这一课

而我们要比它更忙碌。它用唾沫和树叶
搭建巢穴。我们在楼宇之间要借助
同类的力量。成为精密仪器上的螺丝
成为某个轴承，甚至是抛光后的表皮

而它是粗糙的第一代产品。是石器时代

遗留的文物。当手机拍下它飞翔的姿态

万里之外的乡党，并没有觉察到乡愁的气流

他的手机定位，被标注在蓝色星球的另一端

复述故乡

如何跟你复述我的故乡
草木的种子已改变形状
和他们赖以生存的地表
同样被我们的双手修改
当你来到这里，关于我在
诗歌里描述的故乡。将被
眼前的一切击败。无法想象
这里曾生活着众多的村民
他们同样无法想象，先民们
无法知道魂归故里的路途

在他们对祖先的崇拜中。这是
至关重要的环节。作为和解的云梯
我们曾为此耗费心血。我们彼此争吵
风吸纳了不堪的词汇。成为杜鹃花萼
粉色一部分，他们啼血的时候
那些恶毒的词语，演变成毒素
成为你的镇静剂。我们的车辆
将会超速。而当我们吞下这些
花朵。你又会出现幻觉：
在春天，无法容纳盛大的葬礼

只有一次默哀，穿越了时光的暴风雪

在你精神的耻骨，在你裸露的上颚

小风景

暮色里的小风景。曾是你世界的
全部。从竹林里提取的叶绿素
充盈你的眼睛。像箴言书被安放
在你头颅之上的神龛。那摆放着

你魔芋般的梦想，当它漂浮你可曾
窥见眼角的泪。世界的鼓风机吹乱
精神的地图。他们标示的
地理信息，正在折叠并覆盖住

乡村生活的每一块纹理。你变成
地心引力的受害者。你坠落的时候
没有一片叶子是无辜的。院落之外
绯红的桃树。正在举行春花的葬礼

停住脚步，悼词被卡在喉结的深处
一只枯叶蝶，正在你额头上方逡巡

水蛭灯笼

在苦难岁月中
用水蛭做成的灯笼
拥有最诡谲的质地
每当焰火闪亮
就有蒲松龄的笔在晃动

你们点起它，照亮
无人关爱的黑夜、岁月和人心
每次燃烧，都要压制
它是吸血鬼的事实
好让你们在看书时
及时进入别人的故事
去注销杀戮自己鲜血的档案

一部叫作《人皮灯笼》的电影
在多年以后，入侵了你们的生活
对着儿女，你们没有
和他们一样发出异样的声音
只是小心地摸了一下自己的小腿

当你们确认自己仍完好无损

就继续盯着那飘在画面中的灯笼

神色凝重地观察着

那电影中被照亮的脸庞

是否仍拥有旧时的风骨

送　别

如果不是沉疴的羁绊。他必然
起身。和他们一样制造烟气缠绕住
房梁。他会加入各种游戏。在纸牌
有规律的起伏中。对黑夜进行

某种抵抗。连续几夜他们都在
病榻前陪伴。可以预见的死亡
随时像返回舱，着陆在某一个
特定的区域。在这里它变成

时间的一个节点。在可控的范围
他们彼此有着更深的默契：幼年时
他们在山峦上追逐，比谁找寻到
更多的新鲜竹笋。他们的生长过程

伴随着竹林一次次的更新。他们曾
梦想在耄耋时依旧。当他们不再沉溺于
孩提时代不染纤尘的游戏，就投入
纸币的战争之中。在交换之中

时间正在紧迫地前行。就像他

体内癌细胞的花蕊，正在被秒针
施以盛开的魔咒。呕吐的声音
正在黑夜中被游戏的声浪所覆盖

他们会轮流地暂停，去看看垂危的他
在这个夜晚，他虚弱得像那些被
很多双手玩弄的纸牌。他们的游戏
在客厅中进行，而在隔壁房间的他

已经不能动弹。所有的人家都在子夜
停止了灯火的启示。只有他家的灯泡
一直在乡村的尘埃中穿行。灯芯像是
被困在其中的他，而电线马上就将短路

西双版纳

一个人行走在热带雨林
另一个人沦陷在
少数民族风情编织的商业占领区

随着脚步变得细碎
陷入森林深处的两个人
最终在猕猴的尖叫声中
合二为一

他从硕大的乔木中，获得关于
世界的某种知识。从荫翳的剧情中
在思维的隐秘处
森林覆盖率获得背书

他看着风吹过
绿叶构建的巨大编钟
"每一次喧响，都是对
远处神祇的回应
在被吹皱的嫩芽里，风
栖息在树冠的圣殿中"

他停下来拍照
在一株有毒的树木前
清洗城市荒漠的工业毒素
此后，他用一个完美的构图
为国家森林公园的甬道
构建自己的星座

在夜晚，他看到
星云在缓缓位移。如他的行程
在边界线的流动
"忘掉从白天带来的自己
就像此刻，人马座爬过
树叶妖娆的腰肢
在不变的坐标，将向天空
挤出自己的毒素
在启明星升起前的一刻
一只猩猩已经为他准备了血清"

两个年少丧父的人

在南国少有的冬夜
我们又举杯碰到了一起
无论里面是滚烫的白酒
还是为烧烤降火的冰茶
这都是对上一辈的致敬
多年前，我们的父亲
也有过相似的夜晚
在莫干山麓的简陋房屋
劣质白酒为寒夜充电

两个年少丧父的人
有着共同的悲伤
一个沉默，一个热衷于言说
只有在深夜的杯沿中
投入一公升酒精的热量
才会烧开往事的热水壶
抱头痛哭显得过于操切
营造一个相似的夜晚
复活祖辈拥有的过去
我们就能啜饮甜蜜的生活

博鳌火车站

穿过海岛茂密的丛林，火车站
像消失的秘方。无法治愈
因地理环境转化而带来的偏头痛
也无法成为精神的地标，成为此刻
瞻仰的对象。同时消失的还有一阵

白头鹎的鸣叫，跟汽笛一起消失在
博鳌带有深刻皱纹的夜色中。它变成
慈祥的老兵，看着年轻的躯体拂过
苍老的眼睑。汽车引擎的轰鸣
让位移更加迅速，切换到舒适的节奏

让虫鸣和海风混杂的药方，通过耳膜
被灌入中枢神经。一些事物开始显现：
一排在海风中颤动的槟榔树
在若隐若现的灯光中，统治着
这片寂寥的疆域。它们在夜空中
露出兵马俑般的微笑，当疾病被

友好地治愈。在出租车上倒下的同行者
将在海景房的驻地找到一张

类似于布拉格的床。他们同样地
被移居到一个度假胜地。同样地通过
橡胶轮胎的运送到达自由的边境

明天，我们将去往另外一片丛林
收割橡胶的少年，在树冠上来回穿梭
他们会从高处看到火车站，向大家
交出地图和汽车钥匙。封锁将马上解除
我们的足迹将变成炊烟，只随风的轨迹
改变行程，海岛将完成另一次漂浮

大亚湾：诗的核裂变

蒙古包般的反应堆，驻扎在
视线的中央。它是为了向未知
发出那史书上让人丧胆的箭镞么？
那从胆囊吐出的废水，仍在费力地
找寻入海口，这漏斗吸纳着它的无邪。

无论它的形象如何的工业，无论
"后现代"的标签，是否遮住它的眼睑，
它依然可以喂养三角梅和细叶榕，
它依然拥有太平洋之风，反哺着
南国之秋，给浓缩铀一针镇静剂。

依然有诗行，在默片中裂变。
那从岩石中渗出的淡水，润泽着
草木青翠的皮肤学。那被沧桑感
圈养的元音，轻易找到了应许之地：
穴居生活，是否走到了终点？

它喂养着聚居地的光明，永恒地
结束着黑暗画出的符咒。凿壁的书生
被囚禁在地牢中，倔强地书写着

096 |

旧时光蒙昧的哲学。他将不会得到

缪斯的垂怜：凝望大丽花在废墟中的绽放。

定情信物

在井上靖的敦煌里漫游的公主
贵重的定情信物，呼应着村庄里
为爱在手臂刻上名字的姑娘
然后她们去找巧匠，抹掉字迹

就像被沙漠吞没的驼峰，贮藏
成为失传的绝学。时代成为
苍白的说明书。再没有夸张的表达
作为见证，爱的福音书再无人眷顾

他们嘲笑一个疯魔多年的情痴
为他献上一个诨号。在称呼中
涂满的受难膏油。再没有让
爱的弥赛亚降临。拯救声色的部落

青春的门廊挂满风铃。摇荡出
心底的微澜。当他的微笑再度降临
姑娘们像逃亡者一样消失在阡陌
被摇晃的桃树，像是完成一次哀悼

那成冢的落花，从雨水的栈道

被沟壑接收。那动情的场景被描绘成
偶发事件。他站在向晚的花坟里
忘了血的献祭，再不会向爱低头

水的叛变

最后，我们都变成浮游生物，
在水中窃取阳光的奶油面包。
私通着湖底的暗涌，用漂流
作为舞会的入场券。无限喜悦的
木筏，刚刚经历黑森林的水葬。
它的穿行，试炼着水生种群的缠绕术。

沿岸的食肆，在释放着浑浊的液体。
像是对早已预料的凋谢，进行描红。
被墨汁涂黑的身躯，不再控诉。
大丽花一样的热情，被化学阉割。
风带来陈腐的信条，那反叛的气味，
让流动的部落，不再经营安居的复辟。

于是水欺骗着水，让整个江南
露出美被晒伤的背面，和人类为敌。
流奶与蜜之地，不再拥有神的指纹：
那业已被经典化的共性，正在长出
榆木的疙瘩。成为纤维化的时代之肿，
让沙漠变成骑士，蒙面进驻古镇的驿站。

那丝绸般柔软的吴音，保留着语言
最后的法度。那曾被浸润的嗓子
从丹田中运送最后的粮草，顽抗着
视觉珍馐的海市蜃楼。在纯真入殓的时分
仍有人在孤独地念着檄文：放开液体的手
将记忆库置于天空和湖底杂交的湖面。

夜盲症

我有一点轻微的夜盲症，
这是对自信输入的休止符。
白昼的光芒曾逼视我，
耀眼的光斑是万千的伤口。
被照射的墙壁变成群殴后的斑点狗，
和其余的同类在黑暗中同时吞没。

当所有的夜路都指向虚无的边境，
签证被捆绑在夜明珠黯淡的保险箱。
这是被我瞳孔的密码锁住的憾事，
在色彩博物学的描述中失去了踪迹。
在我所能遇到的歧路的豁口中，
只有夏虫均匀的鸣叫在拨开迷雾。

它能带我在荒野中破壁么？
盲目让我变成逡巡的永动机，
在贪夜的奔袭中寻找突变的自证。
词语的黑森林住满金枝的迷恋者，
他们的魔术在幽暗中伸出断手，
揭开红布的时候会完好如初么？

我等待翠鸟的鸣叫会震醒桑叶，
等待眼睛被光谱的红晕重新漂染。
回到那被地平线眷顾的山谷，
密室的幽暗是被切除的记忆。
当绿意重新裱好画框明亮的曲线，
我不相信黑暗会再度成为迷失的腹语。

天台种植园 (组诗)

雾中天台

穿着海魂衫的高楼在显现。
在浓雾中，它是一个大异象。
海滨城市化着迷蒙的烟熏妆，
在回南天用水汽为迷局布道。

我站在天台有更高处在看我，
无数的我，在复制着同样的视角。
我是否也成为被观察的一部分，
我观察自己是否不可被替代？

那故我的影像存在于蜻蜓的复眼。
它是否值得为之动用有限的内存？
在雨滴降落之前它已经隐遁，
在风中抖动的树叶成为暂时的睡袋。

那不停到达的雨燕在啁啾，
探测器在雾中是否将长久地失效？
在彼时，它的巢穴用唾液相连，

雨水是否将考验它的粘性？

在天台，万物都成为松柏的侧枝，
给固化的沉思以旁逸斜出的姿态。
今夜，我将坚守在窗帘的影子之后，
不断誊写那在雾中被打开的自我。

邻居的遗产

在一座巨型城市，
这一次的走失是永恒的走散。
当房契传递他们和我永不相见，
成为我生命中事实性的死者。

可他们会留下点遗产，
比如天台上的种植盒，
那些被圈养的植株，
那曾被他们无限爱抚的瞬间，
就被遗弃在了此地。

而我收养了它们。
就如同云镜将收养我的影子，
浇水的影子、剪枝叶的影子、
将虫卵捏碎的影子。

这些沉重的遗产，
一定会出现在他们某个人的梦中。
在未来的某一天，
他们会重新走进这里，
回味他们曾有过的瞬间。

就像某年的盛夏，
我潜回江南小镇的旧居。
只有那倾斜的斜阳未曾改变，
爬山虎已无法辨认我的面孔，
我后悔没有留下那盆多肉。

绿

为什么田园诗在城邦被弃绝？
你将自我固化在二元论中。
何不将希望种植于每一块可能的泥土，
让胚芽果冻形的身体喂养绿的贫瘠。

很早以前城郭中爬山虎就在织网，
它们吃着马蹄在空中扬起的灰尘。
在记忆的盲点中它们彼此缠绕，
直到悦来客栈变成绿的织巢鸟。

空中花园在典籍中依然理想主义，

让植株高于人群、建筑和古巴比伦。
让安美依迪丝高于尼布甲尼撒，
让立体主义高于平面几何的无趣。

在所有人残存的基因甜梦中，
树林中的野兽是火焰的来由。
除此之外，都是关于水的片段，
那根植于生长的律令随时都将苏醒。

所以你仍将寻找绿屋的踪迹，
寻找为饱和的下水道锁住的水。
那些神秘的建筑潜伏在玻璃幕墙的丛林，
在世界各地的街区中限量发行。

也许你该隐遁在玉环的鲜叠渔村，
逃离的人群，让石屋重新被绿意掌权。
当你无法在半空中抽出被琐事租用的脚步，
请让赐福的种子亲吻天台的种植盒。

隔　离

隔离是必要的雷霆。
一个种植盒就是一个孤岛，
必须给空间美学以充分的表达。
让它们各自漂浮，

给物种差异性一个活命的地方。

当鸟类的粪便子弹喷射，
很多易感的蔬菜成为无症状感染者。
这虫卵的伞兵落地后肆意爬行，
像夜孔雀在臭椿中被忽视的轨迹，
一夜间绿色的树叶变成白肺。

你应该尊重虫子的广谱性，
那些被认为不易受到攻击的果蔬，
也进入了它最新的攻击目标。
那认知的滞后总会变成新的灾难，
这样的无助涂满植物志纤瘦的颧骨。

让这些册页移植着民国的颓靡，
旗袍上方的靡靡之音长出了幽微的翅膀。
此刻，芹菜的中央舞台变异的青虫在谢幕，
那幽暗的身体在荫翳中完成最后的翩跹，
猎手仇恨的火焰伴随着种植业古老的无奈。

吃菜的艺术

邻居总是用淘米水浇他的菜，
倾注了他对美好全部的理解。
在船形的种植盒进行肥水管理。

这种艺术像是兰波闯进巴黎的沙龙，
他把盆中的菜也当作一件现代派雕塑，
直到那纤维凝结成胶状的固体。

他看着菜的时候总是在微笑，
这让我想起村里成群的老光棍。
看见小媳妇垂涎亲吻着地心引力，
却没有在她未出嫁时尝试过一次表白。
那时，她的粉手和蔬菜一样鲜嫩，
可他们从未动用过手臂的力量。

那时，他们羞于粘上情书的封口。
现在，他们的剪刀在雨水中生锈。
在视觉艺术中徜徉的人从不会清醒，
跨越到吃菜的艺术是如此艰难。
就像这段时间流行的病毒，
为完成中间宿主的过渡不惜蛰伏千年。

可这是一次失败的艺术，
当艺术变得像科学一样不停试错。
它是否将失去金色的字符？
纤维上的花瓣在晨光中掉落。
艺术残酷的逆淘汰正在繁衍，
它青铜色的脸幽禁着怜悯。

虫子的艺术

它青绿色的脸是鸟类的引申义。
它的母亲毁于喙的一次伸展，
这造就了这物种遍布全地的广袤：
它通过鸟的排便器飞奔而来，
连同那它将要寄生的植株，
作为它的行李被空运而来。

原本它只是想用行李创业，
想不到天台上已有丰饶的叶绿素。
只要友好的温度和湿度来临，
它随时都可以自我孵化出软体的扭动。
用它的保护色混杂于茎叶的绮梦，
醒来后，残酷物语亮出了底牌。

有时候是镊子，有时候徒手，
这物理性的机械在代替化学药剂。
在其余地方，这样的笨拙已不多见。
在维护餐盘丰富性的同时，
自诩的地球主人用时间做杀虫剂。
这或许，在对生存至高的艺术致敬。

蚯蚓难民

厨余垃圾还不舍得丢弃遗体，
还未在泥土开辟出腐殖层。
种植盒的出水口遭遇堵塞，
它的涝灾只有八分之一平方米，
却浸泡着整个脆弱的生态链。

蠕动的蚯蚓倒悬在盒子边沿，
形成着一条肉色的瀑布。
像地震后堰塞湖下方的居民。
它们争相着逃亡而动作缓慢，
新的雨水随时将带来次生灾害。

往日的友好型社会分崩离析，
他们耕作的土壤将不日板结。
雨水中的微生物将入侵土层，
蚯蚓的府邸将变成废弃的地下庄园，
这景象是否在预警着圈养的我？

我想起幼时连环画的图谱：
农夫发现蚯蚓变成了小蛇，
最后盘旋成了空中桀骜的真龙。
这大异象在表明着伸缩的腾挪术，

而横亘在"大小"中的只有：时间。

唯一的天台女性

玫瑰释放着爱意。在清晨
第一滴天空的眼泪。涂抹着
它娇艳的面孔。而我只栽种了
月季。他们释放着对泥土的善意
当它被扦插在花盆之中。绽放
就成为周期性的命题
在我的天台。它是唯一的女性
其余的蔬菜。在我的眼里全部是
无性别的生物：当他们
在结出种子之前已被宰杀
他们还无法表现出繁殖的力量
也许洋葱是唯一的例外
聂鲁达说它是穷人的玫瑰
我怀揣着洋葱的根茎，在天台
望着松开的泥土。犹豫着
是否要将他们埋入泥土
我手中的水盆。倒映着
月季的花萼。答案的便笺上
出现否决票的行踪

紫茉莉

在家乡，它被称为"夜饭花"。
当夕阳缠绕天边，
我对着这花朵袒露身躯，
用冷水在小花园里洗净身子，
这污垢浇灌这倔强的花朵。

多年来，它是营养学的难民。
不需要园丁的老茧，
嫩芽就会在四月的阳光里苏醒。
他们和春风是老友记的肥皂剧，
在四月的阳光里再度苏醒。

最近的一个夏天，
我在故乡采摘它饱满的黑色种子，
我将它们丢到水泥地板无法占领的土地。
我知道来年它们将劳作，
成为贫瘠沙地最后的献礼。

它们会吸收完所有的养分。
以便于这坚硬的屋子里，
没有质地松软的杂质。

以便于在这个日渐贫瘠的人间，
成为饱满仅存的硕果。

如果屋子里还残留着种子，
它一定坚固地守护发芽的信念。
这类似于一个愚忠的寓言，
但它将沉睡至永恒的某个瞬间，
并启示："唯有羔羊配开书卷。"

西部想象

在敦煌和楼兰之间，
存在着伟大的误读。
两片发光的金叶子，
在巧匠的炉火中完成混血。

或者，它变成上釉的坛子，
这庸常中烧制的泥胎在发亮。
那神秘的光化为童谣的青烟，
一寸寸地占满水草丰盛之地。
那是从小就被放牧的纯真，
被古法炮制的碳素日夜滋养。

可他们终究没有走进这旷野，
用胸腔喊出这细小差异的尖叫。
比如楼兰已卷入无人区的寓言，
它的藤蔓连接着科学家消逝的谜团。
而敦煌，早已完成古典主义的嫁接，
在它枯败的面容前，
新芽萌动着星辰流转的再生术。

敦煌：一出哑剧

在时间大部分的褶皱里，
它是哑剧魔幻的纹理。
在黄沙中，它拒绝台词，
拒绝躬身面对观众的手掌，
拒绝任何形式感的圆满，
甚至拒绝自我安慰像马蹄般归来。

它的冷峻环绕着壁画的对角线，
是玫瑰浴中冷却的幽香。
让黄沙在肌体刻上守宫砂，
为某段不知云向的爱情。

可喧嚣还制造粗暴的影像，
给摩擦中的夜色带来摧残的颓荡。
在这里，百老汇变成漂移板块，
连接着每个可能成为孤岛的人。

它不断摇晃明月下的枯枝，
奉献了最后的几片树叶，
完成了孤独的终审判决。
它的乐谱送达到天籁的法官，

热情，这宁静的陪审员。

你无数次的誊写力透纸背，

在流沙中都不会拥有变形的脸。

辑 三

沉思录

不要轻易说：我们

"我们" 是难以轻易达到的
当你和我素不相识，以地域
来标示这个复数的称谓。我只能
告诉你，在大地中站立的这个我
永远无法为你盖上词的毡房

你无法进入我的内心，我的国度
以情感的界碑向你警示。个体是
上帝给予你最好的糕点。你轻易
就落入了集体化的狂欢的舞会
戴着面具的人们，会将你烧毁

让我做个孤悬海外的人。在岛屿中
我和孤独做了魔鬼的交易：猎杀
无谓的聚会带来的焦虑，棕榈叶
扫荡了所有的尘埃。当淡水流经
地表的缝隙。地心深处的梦被唤醒

那里是澄明世界。拱卫蚁后在法典里
并不存在。你不必认为自己是宇宙中心
强调造物主对你的优待。你只需要再次

钻出地表，在星空下再次打开自己

在海天连接处，拥有坐标就是握住真理的权柄

深圳故事

忘掉自己的乳名，栖身于
城市的肋骨。这是一个女孩
能给予新居所最大的善意

在蚁穴中提炼出气味的秘笈
蒸馏不适感的水杯，盛满了
被放逐的孤独。天花板上挂着

突兀的哀愁。一阵乡音的电话
就能成为一场地震，砸中如今的
英文名。穿着笔挺的淑女装

在人潮中，用自信做成的铠甲
并不能迎来一个个花木兰
睫毛膏组成的堤坝，常常被泪水

无情地冲垮。在夹竹桃来临的时刻
毒素成为街道议题的中心。在回避
成为开心周末蛋卷的夹心层

隐居的梦想

我想住在一个无人问津的小镇，
它必须有一个水乡的名字。
最好在江南谱系的中央，
被无数软糯的吴语淹没，
成为我永恒的湿地，飞出
白鹭、炊烟和鱼形的风筝。

它不迷恋大都会喧嚣的声调，
也不像山乡被死板的寂静挟持。
烧饼和油条的热气在清晨荡漾，
我用它喂养甘于清贫的肠胃。
故人，是散落在已知世界的种子，
在一杯咸豆浆里萌发出热情的子叶。

在那里，我愿做枕水人家的眼睛，
看路人用慢的仄步凝胶成油画。
我还可以是一只羞涩的鼻子，
收藏着雪花膏的气味因子。
这时候樱花开了，休眠的八十年代
在每一句蓓蕾的遗言中复活。

二层小楼走漏着雨水的消息。
它的低矮，透支着三月的薄暮。
被打湿的稿纸渗透着霉变的斑点，
倒春寒消解着春暖花开的意义。
写小说的我在墙壁中粘贴着咳嗽声，
为枯灯在夜晚的航行拉开了帷幕。

谦卑诗学

为什么你驼背的影子，
在覆盖街道消瘦的尾骨？
你说，诗人要用蛋白质的流失，
补充着小城小令般的叹息，
在为文学史的贫穷续命。

这和衰老无关，
这是谦卑诗学的一次栖息。
你在阳台上开凿了细小的吸烟室，
观察着白鹭是如何啄食水的灵气。
那些黑鸟，可怜的黑鸟，
变成一块脏的抹布，
和船帆一起改变着诗歌版图的颜色。

涂鸦吧，那些从狂狷中被抠下的色彩。
那些从命运的无常里被保留的语言暴力，
行李里的布劳提根正在解构上帝和人子，
幻化为一股黑色气体，
通过蒲松龄运送到他被酒精奴役的词根。

在你的谦卑中，有一种稳定的亢奋。

随时调整着骨骼的密度，

殖民那被疯狂占领的空气。

当你的喉头爆破音押解着轻狂的有罪之身，

当你将沉默重新放回到生活的橱柜，

你点燃一根烟，放在钢化玻璃的上方。

那因为阳光碎裂的脸，

照出你弯曲的背影。

白鹭已吞下泥鳅绵软的身体，

那将钙化的、事实性的未来。

提线木偶

在梦里，他们都在玩囚禁游戏。
他们每个人都甘之若饴，
作为反对者的我的本相，
才成了他们的敌对者。

在那个古老的房子里，
没有人可以逃脱捆绑的绳索，
像被蟒蛇缠身时的呼叫，
无人能够识别和谛听。

梦的跳跃性给了一点帮助：
我大声呼叫，我夺门而出，
他们的小型王国土崩瓦解，
我决定将这些发小送上法庭。

可他们仍然是不悔的高卢雄鸡，
指挥者从众，准备永不回头。
这被催眠的提线木偶，
在房子里继续着硬的事业。

不远的竹林里奶奶正在挖笋，

她无法理解这些争斗。

即便从这里望见那房子，

已幻化成《西游记》里妖的宫殿。

软硬兼施的头发

从象征意义而言，年幼时，
头发是小狮子的鬃毛
面对世界，以对抗的姿势
获得领地。事实上
在我的后脑勺，确实有
一摞金色的头发。姑妈在
掏我耳朵的时候，率先发现了
这个秘密。她对着春风
和一只蚊子宣布，这个重大的发现

这一命名的仪式感过后，头发经过
摩丝、啫喱水和发蜡的反复揉搓，
开始变得柔软。开始在
现实世界的坐标系里，找到
合适的罗盘。它们在
生活催化剂的光合作用下，开始
生产出和外界握手言和的部分
当它们变得软硬兼施，我细心呵护的
世界，开始在后脑勺坍塌

永恒色

对我而言，永恒的颜色只有蔚蓝
它孕育于幽暗的海底，在晴空中
被阳光的手所绘就。当林间休憩
在正午来临，它和白造就的光影魔术
比莫奈的日出，更能解析人作为谜底
所带来的荣光。它无比正确的混合
好过那晨曦中初始的布局，对美
有意识地创造，让神的工事更具
不可摧毁性。你只需放下颜色的玉玺

黑夜会在不久后来临。对于夕阳中
最后残留的蔚蓝。你将动用信念
所有的水分子，为它搭建一座威尼斯
圈养起所有的画笔，在地狱色之中
寻找奥林匹斯山的少女，保留
光明的火种。在翌日取出炭中
残存的火苗，太阳粒子深处的闪耀只为
照亮蔚蓝的又一次降临。我揭示
唯一的颜色定律，造就诗歌面容的丰腴

虚构之惑

街道以虚构的脸，
敌视着钻头的蛮力。
周边的一切都是虚构的：
周末并不存在，
那些生活的重负，
从未让休憩的舌苔，
伸进睡眠的搪瓷碗。

昂贵的献祭：失眠，
这从时间的叶片中榨取的汁液，
丰盈着城市干枯的晚脸。
你变成一个陀螺，
你的旋转带动着风、磁场和生活用度。
当你静止，
它会将你从花名册上剔除。
那曾被记录在案的劳作，
像奥斯维辛的杀戮，
被关押在卷宗的集中营。

我想你应该虚构一下全息图。
那关于未来的画面，

斜躺着宗族的药方。
密集的颗粒，
勾引着引发偏头痛的细胞。

当你一再虚构沉默的码头，
那从彼岸运送的无花果，
预示着秋天的翅膀，
正在被雁阵嫁接。
"现在不是发嫩长叶的时候，
你们不知夏天近了。"
在葱茏中栖居的比喻，
跌倒在果肉干枯的胴体。
你无法虚构一次别离，
拥抱最丰满的疏远。

雨的信史

如何将靴子倒置在街面之中
让彼此的行走都处于安全的白线
如何从雨水的胎动中分娩爱情
当一把伞的宿命，被当作添加剂
均匀地分布在相遇的容器
凭空而来的液体，如何溶解
这份被神祇祝福的深情？

哦，它不曾被世人祝福
道德的篱笆园围住判断力的小腿
雨水中带来的生命体，被扼杀在
情感种族意念的断头台
此后，所有人都将充当史官
修改每一个字符所蕴含的细节
比如旧天堂书店的猫，是否蹭到了
你的长裙。那里的粉尘是否玷污了
少女褐色的瞳仁，种植经验的谈论
是否加入了编剧学的魔豆

那么，今天应该就是未来水世界
如何从清朗中，提取风暴的体液

积聚出变幻的云图。每一个眼神
都抽离出空气流动的分贝。它们在
摇动碾米机的把手。剥开一颗江南稻谷的
皮肉。它带有容易玉碎般的真身
风调雨顺的年月，东苕溪的潮水
曾炮制两岸的稻浪。那时你从未经过
像一个普通少女，手里并未带着书签
你无法确定，这是读到了人生的第几页
等到信史的章节来临，一阵罡风吹乱
刘海的布局，那潜伏的一株正开始抽穗

伞

一把倒立的伞，此刻正躺在
街区的中央。它的奴隶主正在何方
是否已被起义军攻占封地？或者一起
昨夜的谋杀案将它带往黑暗之地

水滴集成的某个角落，正在制造
早期电影幕布般的效果。这把伞
隔绝出一个幻影般的世界
将它抛弃的双手现在正在

抚摸哪一段栏杆，而华丽的彩虹
正在天空的光谱学中，寻找
适当的调色板。骨架吞咽下每一滴
神所带来的液体。用纤维照射出

每一段色彩的基因。在某个片刻掀开
生活所带来的白色扉页。这被掀开的
天空之书。将世界的多样性
展现在街区生活的腹部

那被伞柄戳痛的，城市的脐带

是否还连着麦芒上的一根细丝
此刻，它们被伞带进伯特利
在永恒的追问中，寻找真相和

真相之外的现代生活。最后得出
结论：无论森林和伞的材质如何变幻
这些外延出的生活，不会像鸢尾花一样
消散于街角的花店。总会有一片

应许之地被用来种植。被用来埋藏
一把伞的尸体。当世界越来越拥挤
墓地或许不再暴露于空气之中。下水道
永恒的下水道将，成为凭吊之地

寒夜赋

在寒夜囊肿般的脸上
走路，就是一次微创手术
丰年荞麦收割的孤独
被缩进黑暗的保险箱
你的密码被紧握在同伴的手中
像这个时代最后的顽抗

在多病的季节
溃疡一次次索要口腔的郡县
澶渊之盟并不能轻易签订
丝绸的柔软还没有到药片粉末的形状
冲服后，也不会变成健康的酷吏

在他的治下，将演绎出新的剧种
那改编自寒冷写下的自白书
我将袒露在夜最汹涌的旋涡
它吞没着亚热带最后的卡路里
合上卫衣的翅膀，我将不再飞翔
穴居生活将被修剪出新的模型

U 形转弯

让汤普森瞪羚跳脱猎豹的
不是它的耐力，也并非速度
在于它在关键时刻的转弯
它尾部的皮肤，已被豹子咬下
那些灼热的阳光。正在烘烤着
这些伤口。也像是在为这次
意外的转弯，佩戴勋章

那头气喘吁吁的猎豹。在树荫底下
琢磨着捕猎技巧的失败。罔顾着自己
已经受伤的大腿。一头雄狮
缓缓走进它的视线。此刻，它的幼仔
正在吸食着它的乳头。猎豹生命中
转弯的时刻已经到来。像不远处
长颈鹿可以伸缩的脖子，也像那群
水牛，或者鬣狗排成的字母形状：U

卖花姑娘

无论是盛夏或者寒冬，
她们总会掀开包厢的帘布，
垂帘听政的耳朵对外部世界苏醒。
她们已突破孩童生物钟的防线，
在深夜仍不忘将运送爱情的明喻。

可这被称作玫瑰的花朵往往是赝品，
它甚至脱去了高仿的羞涩。
每个人都知道它们是高仿的亲戚，
那芒刺也能戳破爱的表皮，
成为饭桌上拙劣表演的道具。

有时离别的恋人在啜泣，
反讽着对爱失去眼泪的双瞳。
一个即将参军的青年手捧着玫瑰在哭，
在酒桌上留下了烈酒搅拌的呕吐物，
它誓死捍卫着这浓烈的颜色，
就像百夫长守护着即将失去的封地。

卖花姑娘将自己粘贴进太多这样的场景，
对待这些，像对待复制的冷眼一样。

有人曾驱赶这些穿梭的精灵，
就像抗拒那无数次播放的同名电影。
在审美异数的细胞癌变之前，
体内的黄酮举起了无数的剑戟。

海钓者

你没有海魂衫斑斓的黑白，
依然要丈量、摩擦粗粝的海岸线。
当古怪的声音收束于甲板的腰身，
鲸落递出的悲壮条陈在涣散。
它成为海底无声的鼻息，
你眼目的火光将围捕这片海域。

在风暴到来的帆布后面，
隐藏着你呕吐的断尾。
钓鱼杂志已成为雨滴的饕餮，
无法恢复到精美的塑身之中。
你无法变成一只任性的庇护，
继续游走于桅杆的游戏之中，
陆地文明的消失已成为昨日的简讯。

在你柠檬水的壶盖中，
在你充血的洋流学的上方，
有多少被遮盖的旅途在复苏？
败血症伸出菟丝的缠绕手，
它的狞笑在果汁中逃亡。

你获得一个慵懒的午后，
在碧波中寻找信天翁的别院。
可你仍没有忘记黄昏的训诂，
在残阳和海平面之间制造一个夹角：
将垂钓的愉悦制成感性的诱饵，
驱赶那被人事哺育的迷离。
如你在此刻变成蓑笠翁，
寒江雪将从鱼钩中脱逃。

你将再次获得一个听涛的夜晚，
在星光的喜宴中获得宁静的贡品。
你将忘记杀戮和游戏的巨型蓄水池，
你从口袋中掏出雪茄和火柴，
成为海上烟花唯一的喻体，
犒赏同行者深于海沟的疲倦。

肠胃录

在我的肠胃变好之后，
那从未沉睡的食欲又疯长。
从潟湖中沉溺的物种被打捞，
在食谱的淤泥中重新站立。

牛奶的鲜嫩拥有了新鲜的主义，
再一次成就着营养学的普世性。
在冰镇中，获得层次分明的口感，
在蜜枣的陪伴下进入胃黏膜的禁地。

那些失踪的水果在寻找亲人，
再一次以甜度征服着味觉的原野。
它们的纤维是被释放的拂尘，
扫过日常生活苦涩的区间。

面对这杂食的美丽新世界，
在冰箱中又找到孩童的喜悦。
它甚至开始致敬晚期风格，
为这从童年训诫中走出的困顿。

但我无法罔顾理性的再次缺席，

在面对辣椒纷繁的令箭时，

仍要保持练就金钟罩时的警醒，

它仍将是软肋无法言说的部分。

暑　期

告别夏日时光，伤感光芒普照。
向日葵熬制着美残忍的精油，
涂抹在罂粟美杜莎的鲜花妆容。
此前，所有的人都回到小镇，
给中学时代的欢聚以空谷回音。

冷饮店里的唱片不知疲倦，
播放着可以遇见的离别。
那些唱针在颓靡中磨洋工，
奉献灰白的颜色和韵律，
哀悼一件随时将会褪色的衬衫。

傍晚，蜻蜓仍会在上空逡巡，
掠过白色百褶裙缝制的移动染坊，
在阵雨到来前炫耀滴血的羽翼。
被驱散的燠热仍有复辟的欲望，
需要一杯冰镇啤酒来维持局面。

那些被催眠的紫茉莉全然盛开，
为偷花贼的耳蜗预备盛宴。
你想起一个热爱紫水晶的歌手，

他忧郁的下巴让八十年代结晶，
可自由落体让块状物破碎。

一切都结束了，包括唱片的纯度，
汽水也停止输出它气泡的供给。
所有时光的片段都带着间隔号，
它休止于一些意外的消息，
个人的悲欢粘连着宏大叙事的蛛丝。

这些梦

对于梦，近乎偏执狂的叙述。
现实的漏斗敞开着它的嘴唇。
我们以为谁都会在乎那些幻境，
可每个人都在变成失聪者。

他们假装倾注着热情的肺泡，
用语言去粉刷梦粗粝的外壳。
这些装修工只是在机械地输出，
从不将自己培养成波普艺术家。

梦的诉说应是一朵雨后的毒菌，
是路过者需要剔除的影像。
它突出了我们孤独者的形象，
曾将它视为山中隐秘的灵芝。

不久后你也将遗忘梦的耀斑，
它只是电波中乱码的部分。
变成省略号在夜的轨道消弭，
你的电车休憩在宁静的郊外。

果　园

天然的酒精味透露着果园熟透的气息。
果蝇密布的机群在摄取着果肉，
投机的游击队员从不知节制的深意。
它们爱欲的波段将无限提升，
投下虫卵以完成新的占领。

蜂群的触须紧盯着道旁的野花，
在淡季，贫瘠的胃被地心引力不断召唤。
崎岖的食道，常常伴随着趔趄，
在果核未掉落之前蓓蕾隐遁，
盛夏的饥荒已长出了智齿。

这是多年前我所经历的果园，
剩余的果肉是否还是高龄的幸存者，
在酒瓶中继续发酵着自己的身体。
或许它们早已在肠胃中罹难，
随清晨冲水的声音重返果园的地下通道。

可我始终记得那些游动的身影，
它们的盲目对应着无节制的授粉。
匠人们曾对它们进行适当的节育，

让它们重返不规避理性的蒲团，
从单纯的跪拜游弋进禅宗的内海。

在那里，成片的果核正召唤飞鸟，
种子变成那不断分发的传单，
告知着全地这将要萌芽的喜悦。
就像地中海布满柠檬的岗哨，
在不断地狙击着黑死病的进攻。

那果园也是为了某种需要而存在，
比如用采摘对抗日常生活的无趣。
那是我就职后的第一次外出，
邀请我的人后来没有成为我的朋友，
虽然杨梅依然是我舌苔的故乡。

游　园

如果我告诉你游园只为新鲜空气，
只为了巡视这被空气滋养的收成，
只为了在丰收的时候谴责鸟和虫的暴行，
你是否会因我没有"惊梦"而气馁？

那已被文人词典化的场景，
隐藏于水袖幽深的抽屉。
这里没有悬铃木孤傲的秋意，
也拒绝给予接骨木气味的勋章。

在训诫中被深度隐藏的日常，
已退化成一尊未开封的泥胎。
它需要一点信徒的臂力，
才能找到金色被密封的臂力。

比如那些被灌木化的乔木，
此刻正在种植盆中喊冤。
对土壤从不节制的伸展，
暂停于烧窑厂炮制的坚硬。

它们都是有限空间的受害者，

并不像白噪音那样具有伸缩的魔力。
它烘焙着睡眠无穷的抗击打能力，
雨落芭蕉时少女进入了梦的甜区。

在那里，密林召唤着金枝的魔咒，
从不亏欠阳光滴落在树脂上的深情。
猕猴的叫声落在阔叶林的棉絮，
一种新造的宁静接续着胎盘的发声学。

莫干有雪

最先落下的雪，往往成为阵亡者
它们在溪涧里死去，在马路上死去
在墓碑上死去，在一把把颜色各异的伞上死去
就像马赛马拉河上的角马
它们的尸体堆积成山，而更多的同类
正在逃离鳄鱼的颌骨，和著名的死亡旋转

最初的雪已经成为冬天的祭品
接下来的雪将成为山林虔诚的信徒
这些天空洁白的哈达
将被套在竹林的上方

雪霁之后，必有一只麻雀飞过
它们将逃脱弹弓的射程
那粒准备越冬的蛹
在雪中睁开眼睛，又永远地闭上
它们在五脏俱全的地方
竖起永恒的墓碑
等待着下一场暴风雪
在山岚中袭来，那时

麻雀将在雪地里死去

它们的尸体，将重新变成一座坟场

雨夜留宿

整座城市都在遗忘他的名讳，
就像被雨滴涂抹的地貌。
可城西旧日被吹灭的灯火，
曾照亮时代所赋予的孤独症，
像马灯和南瓜灯横行的岁月，
终于迎来濒死般的停顿。

天气预报员柔腻的女音，
在电波里播种着雨水，
需要合适的剂量，
少年们才会陷入黑暗的迷局。
"不要回家了，那湿滑的路，
像鬼魅设定的棋盘。"

他的男中音带着磁性的蛊毒，
少年们纷纷倒在虚构的艰难之中。
他伟岸的身形，在城郭中
描述着聊斋般的荒谬。
他秉持汉语的火种，
引领着他们走入床铺、迷醉和不伦。

多少个兰波和魏尔伦在反复地翻滚。
为了堵住伦理的樱桃小嘴，
他继续稀释着微薄的薪水。
那床笫中隐藏的五块钱变成营养费
塞到少年受辱的手掌，
弥合着诗人形象地震般的裂缝。

它可以兑换多少尊严和青春的外币？
在贫穷的年份里将你引渡，
让他们拥有渴望方舟的法典。
这世俗的光已在他的西奈山之外，
那么多美妙的少女用成熟的胴体仰望着他，
而他俊美的脸庞只是为了诉说造物的无常。

图书在版编目（ＣＩＰ）数据

天台种植园 / 赵俊著. -- 武汉：长江文艺出版社，
2021.9

（第37届青春诗会诗丛）

ISBN 978-7-5702-2273-5

Ⅰ. ①天… Ⅱ. ①赵… Ⅲ. ①诗集－中国－当代
Ⅳ. ①I227

中国版本图书馆 CIP 数据核字(2021)第 127027 号

天台种植园
TIANTAI ZHONGZHIYUAN

特约编辑：聂　权

责任编辑：谈　骁　　　　　　　责任校对：毛　娟

封面设计：璞　闾　　　　　　　责任印制：邱　莉　　王光兴

出版：　长江出版传媒 ｜ 长江文艺出版社

地址：武汉市雄楚大街 268 号　　　邮编：430070

发行：长江文艺出版社

http://www.cjlap.com

印刷：中印南方印刷有限公司

开本：850 毫米×1168 毫米　　1/32　　印张：5.25　　插页：4 页

版次：2021 年 9 月第 1 版　　　　2021 年 9 月第 1 次印刷

行数：2808 行

定价：46.00 元

版权所有，盗版必究（举报电话：027—87679308　　87679310）

（图书出现印装问题，本社负责调换）